달리지 馬

달리지 馬

투닛 · 오봉옥

솔

오봉옥

1985년『창작과비평』으로 등단했다. 시집『지리산 갈대꽃』
『붉은산 검은피』『나 같은 것도 사랑을 한다』『노랑』『셋!』등을
출간했다. 산문집『난 월급받는 시인을 꿈꾼다』, 동화집
『서울에 온 어린왕자』, 비평집『시와 시조의 공과 색』등을
펴냈다. 서정시「등불」은 고등학교 문학교과서에 수록
되었고 영랑시문학상, 한송문학상 등을 수상했다. 현재
서울디지털대학교 교수, 문예지『영화가 있는 문학의오늘』
편집인을 맡고 있다.

시인의 말

　어릴 때부터 만화를 좋아했다. 한때는 시사만화가가 되어
볼까 하는 생각도 했었다. 한동안 만화를 잊고 살았는데
우연한 기회에 다시 접할 수 있었다. 재직하고 있는 학교에서
갑자기 웹툰웹소설학과 학과장으로 발령이 난 것이었다.
학과를 운영하는 과정에서 '투닛'이라는 회사를 알게 되었다.
투닛은 3D 기술을 활용해 누구나 웹툰을 그릴 수 있는 새로운
툴을 제공하고 있었다. 이 신작 웹툰시집『달리지 馬』는
내가 주도한 각색 작업과 투닛의 3D 기술이 만나 완성되었다.
　웹툰시는 아날로그에서 디지털로 주도권이 바뀐 시대의
현실적 요청에 따라 시(poem)와 웹툰(webtoon)이 결합된
창작 형태의 새로운 문예형식이다. 디지털 기술의 발전은
인간 세상을 훨씬 더 편리하고 효율적으로 만들었지만 또
한편으로는 인간의 감성이 메말라가는 등의 부작용을 초래
하기도 했다. 웹툰시는 웹이 사람의 생활터전이 된 상황에서
대중의 변화 욕구에 적절히 부응하고 대중의 의식과 감성의
개선에 화응하려는 새로운 문예의 시도이다. 시와 웹툰이
서로 어울려 조화하여 널리 대중의 사랑을 받는 참신한
예술 형식으로 발전하기를 기대한다.
　나의 여섯 번째 신작시집이기도 한『달리지 馬』는 웹툰
플랫폼과 종이책으로 동시에 발간된다. 국내에서 신작
시집을 웹툰 플랫폼과 종이책으로 동시에 발표하기는
최초의 일일 터인데, 내가 이러한 시도를 하는 이유는 시의
대중화에 조금이라도 기여했으면 하는 바람 때문이기도
하다. 시적 상상력이 만화에 영향을 주어 재미의 차원을
넘어서게 하고, 만화적 상상력이 시에 또 다른 영감을
주어 시의 세계가 더욱더 넓어지기를 바란다. 신작 웹툰
시집『달리지 馬』가 나올 수 있도록 호의를 베풀어주신
솔출판사 임우기 대표님께 감사드린다.

오봉옥

'투닛(Toonit)'은 작화 없이도
누구나 그림을 만들어 볼 수 있는 웹 기반 서비스입니다.
『달리지 馬』또한 투닛을 활용하여 제작되었습니다.

이슬을 받는다

풀잎에 맺힌
이슬 한 방울 바라보다가
무릎을 꿇는다

저렇게 투명하게 살다가
짧은 生을 마감한 사람 있었다

해가 나면 스러지는 게
이슬의 운명이라면

이슬 한 방울 떠나보내고
바르르 떨어야 하는 게
풀잎의 운명인 것을

12

어리석은 난
풀잎의 마음도 모르고

그 작은 몸으로
목마른 세상을 적시고 간
이슬의 뜻도 모르면서 살았다

그리하여,
이제야 무릎 꿇고
막 태어난 갓난아이
넘겨받듯이

풀잎에서 미끄러지는 이슬 한 몸
두 손으로 정성껏 받는다

이슬을 받는다

풀잎에 맺힌
이슬 한 방울 바라보다가
무릎을 꿇는다
저렇게 투명하게 살다가
짧은 生을 마감한 사람 있었다

해가 나면 스러지는 게
이슬의 운명이라면
이슬 한 방울 떠나보내고
바르르 떨어야 하는 게
풀잎의 운명인 것을

어리석은 난
풀잎의 마음도 모르고
그 작은 몸으로
목마른 세상을 적시고 간
이슬의 뜻도 모르면서 살았다

그리하여,
이제야 무릎 꿇고
막 태어난 갓난아이 넘겨받듯이
풀잎에서 미끄러지는 이슬 한 몸
두 손으로 정성껏 받는다

주인

나 지금껏
세상의 주인이라고
뻐기고 살았다

고작 백 년을 살 거면서

허리 한번 비트는데
백만 년이 걸린다는
저 산 앞에서

수수 억 살을
자시고도 말이 없는
저 바다 앞에서

툭

감히

주인

나 지금껏
세상의 주인이라고 뻐기고 살았다
고작 백 년을 살 거면서
허리 한번 비트는데 백만 년이 걸린다는
저 산 앞에서
수수 억 살을 자시고도 말이 없는
저 바다 앞에서
감히

자식 생각

휠체어 탄 울엄니
등산 간다는
나에게 말하시네.

산에 가서 구절초를
보거든 그 냄새 쪼깨만
개비에 넣어 온나.

오는 길에 바다에도
들를 거라는 말엔 또,

갯바닥에 가믄
파도소리도 쫌만
귓구녕에 담아 오고 잉.

그럼 구절초 한 다발 꺾고
파도소리도 녹음해 올게요
했더니

괘얀타.

니가 날 걱정할까 봐
괜시리 한번 혀보는 소리라며
손사래를 치신다.

걱정 말라니 원.
그걸 말씀이라고 하고 계신다.

자식 생각

휠체어 탄 울엄니 등산 간다는 나에게 말하시네.
산에 가서 구절초를 보거든
그 냄새 쪼깨만 개비에 넣어 온나.
오는 길에 바다에도 들를 거라는 말엔 또,
갯바닥에 가믄 파도소리도 찜만 귓구녕에 담아 오고 잉.
그럼 구절초 한 다발 꺾고
파도소리도 녹음해 올게요 했더니
니가 날 걱정할까 봐
괜시리 한번 혀보는 소리라며 손사래를 치신다.
걱정 말라니 원.
그걸 말씀이라고 하고 계신다.

후레자식

울 아덜은
하늘이 내린
자석이어라우

울 어매 날 두고 단 한 번도
당신이 낳은 자식이라
하지 않았네

내가 사고 쳐 속 썩일 때에도
회초리 대신 눈물 글썽거리시며
태몽 이야길 꺼내곤 했지

23

그런 울 어매 돌아가셨는데
난 참 좋네

밤인지 낮인지도 모르고 전화하던
치매 걸린 어매 목소릴 듣지
않으니 좋고

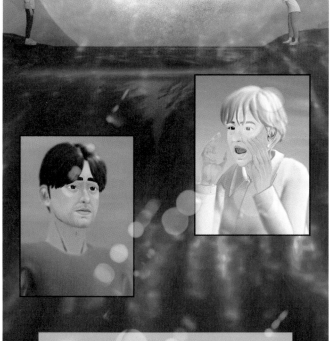

이젠 가슴 졸이며 잘 일도 없으니
이보다 더 홀가분할 순 없네

후레자식

울 아덜은 하늘이 내린 자석이어라우
울 어매 날 두고 단 한 번도
당신이 낳은 자식이라 하지 않았네
내가 사고 쳐 속 썩일 때에도
회초리 대신 눈물 글썽거리시며
태몽 이야길 꺼내곤 했지
글씨, 마당에 비양기 한 대가 떨어졌시야
근디 그 비행기 사다리를 붧고
학 한 마리가 영판 멋드러지게 내려오드라
그게 니다
긍께 넌 하늘이 내려준 자석 아니냐
그런 울 어매 돌아가셨는데
난 참 좋네
밤인지 낮인지도 모르고 전화하던
치매 걸린 어매 목소릴 듣지 않으니 좋고
이젠 가슴 졸이며 잘 일도 없으니
이보다 더 홀가분할 순 없네

박영애傳

전쟁 겪은 울 어매
학교도 못 다니고
일자무식이었지

자 찍을께유~
하나
두울
셋!

찰칵

가난한 사내 만나 새끼들
줄줄이 낳고 아등바등 살았어

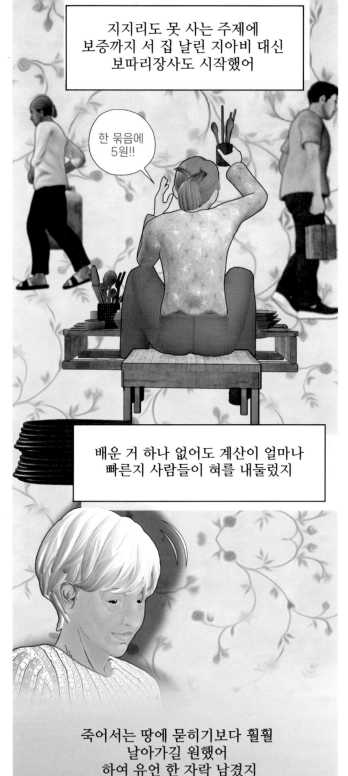

운 좋으면 양지에 떨어질 테고
운 나쁘면 음지에도 떨어지겠지
어쩌겠냐,

그 또한 운명인 것을

박영애傳

　전쟁 겪은 울 어매 학교도 못 다니고 일자무식이었지
가난한 사내 만나 새끼들 줄줄이 낳고 아등바등 살았어
고무대야에 물 한 통 받아놓고 자식들 줄 세워 목욕시킨 뒤
그 남은 땟구정물도 아까워 양말도 빨고 걸레도 빨았지
지지리도 못 사는 주제에 보증까지 서 집 날린 지아비 대신
보따리장사도 시작했어 배운 거 하나 없어도 계산이
얼마나 빠른지 사람들이 혀를 내둘렀지 죽어서는 땅에
묻히기보다 훨훨 날아가길 원했어 하여 유언 한 자락 남겼지
　화장한 내 뼛가루 높은 산 바우 우에 놓아주니라 글면
난 바람 따라 휘휘 날아갈 거다 운 좋으면 양지에 떨어질
테고 운 나쁘면 음지에도 떨어지겠지 어쩌겠냐, 그 또한
운명인 것을

꽃씨를 심는 이유

구순이 넘은 울엄니
요양병원 화단 구석에 앉아
꽃씨를 심네

이순이 넘은 자식
멀리서 훔쳐보다가
눈물 찍어내는 것도 모르고

가만가만 흙살을 다둑거리네

두닥

두닥

35

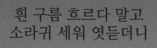

흰 구름 흐르다 말고
소라귀 세워 엿듣더니

다시 또 무심한 척 흘러가네

꽃씨를 심는 이유

구순이 넘은 울엄니
요양병원 화단 구석에 앉아
꽃씨를 심네
이순이 넘은 자식 멀리서 훔쳐보다가
눈물 찍어내는 것도 모르고
가만가만 흙살을 다독거리네
허리도 안 좋은디 뭣 하시오?
명년 봄에 꽃 핀 거 볼라고 그란다
흰 구름 흐르다 말고
소라귀 세워 엿듣더니
다시 또 무심한 척 흘러가네

달리지 馬
1

앞만 보고 달리다 보면
마음의 눈을 잃어버려

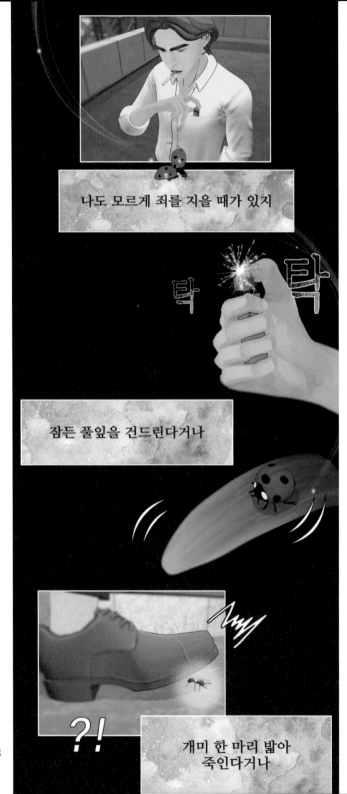

나도 모르게 죄를 지을 때가 있지

탁   탁

잠든 풀잎을 건드린다거나

?!

개미 한 마리 밟아
죽인다거나

꽈악

끼이이이익

그건 술 진탕 먹고 필름이 끊긴 채
운전대를 잡는 것과 다를 바 없지

질끈

다그닥

다그닥

그럴 땐
말을 타고 달리던 인디언들이
가끔 말에서 내려

자기가 달려온 길을
한참 동안 바라보며

제 영혼이 따라올 때까지
기다려주듯

하아..

달리던 걸음 딱 멈추고
읊조려야 하지

달리지 마

달리지 마

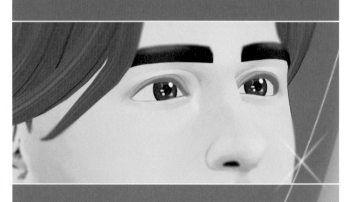

마음의 눈을
다시 찾을 때까지

버릇처럼 혼자서
되뇌어야 하지

달리지 馬 1

앞만 보고 달리다 보면
마음의 눈을 잃어버려
나도 모르게 죄를 지을 때가 있지
잠든 풀잎을 건드린다거나
개미 한 마리 밟아 죽인다거나
그건 술 진탕 먹고 필름이 끊긴 채
운전대를 잡는 것과 다를 바 없지
그럴 땐
말을 타고 달리던 인디언들이
가끔 말에서 내려
자기가 달려온 길을 한참 동안 바라보며
제 영혼이 따라올 때까지 기다려주듯
달리던 걸음 딱 멈추고 읊조려야 하지
달리지 마
달리지 마
마음의 눈을 다시 찾을 때까지
버릇처럼 혼자서 되뇌어야 하지

달리지 馬
2

누가 저 말에게
죽어라고 달리는 걸
가르쳤을까

죽을 때까지
숙명적으로 달려야 하는 건

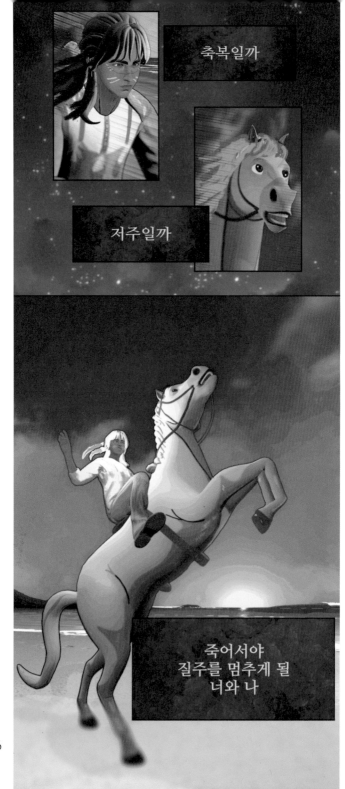

축복일까

저주일까

죽어서야
질주를 멈추게 될
너와 나

46

가진 게 발밖에 없어서
달리고 또 달려야만 하는 우리

이 세상에
흙먼지나 잔뜩 일으키고
가뭇없이 사라져 갈

슬픈
존재들

달리지 馬 2

누가 저 말에게
죽어라고 달리는 걸
가르쳤을까

죽을 때까지
숙명적으로 달려야 하는 건
축복일까 저주일까

죽어서야
질주를 멈추게 될
너와 나

가진 게 발밖에 없어서
달리고 또 달려야만 하는 우리

이 세상에
흙먼지나 잔뜩 일으키고
가뭇없이 사라져 갈

슬픈
존재들

백백홍홍난만중
白白紅紅爛漫中

창문을 열었더니 마당에
알록달록한 별들이
떨어져 있었다

엄마별들 사이에
드문드문 애기별도 눈에
띄었다

저 별은 누가 살았기에
붉은 가슴을 지녔을까

저 별은 무슨 꿈이 남아서
아직도 노란 옷을 입고
서성거리는 것일까

저 별은 무엇이 서러워 오도 가도
못하고 허연 상복을 입은 채
앉아 있을까

살아서가 아니라 죽어서
백백홍홍난만중

백백홍홍난만중[1]
白白紅紅爛漫中

창문을 열었더니 마당에 알록달록한 별들이 떨어져 있었다
엄마별들 사이에 드문드문 애기별도 눈에 띄었다
저 별은 누가 살았기에 붉은 가슴을 지녔을까
저 별은 무슨 꿈이 남아서 아직도 노란 옷을 입고 서성거리는 것일까
저 별은 무엇이 서러워 오도 가도 못하고 허연 상복을 입은 채 앉아 있을까
사랑을 앓는 이 붉은 별이 되고 꿈꾸는 이 노랑별이 되고
못 견디게 그리운 자는 죽어서 흰 별이 되는 것일까
살아서가 아니라 죽어서 백백홍홍난만중

1)백백홍홍난만중:판소리 춘향가에 나오는 말로, 하얗고 붉은 꽃이 만발하게 피어 있다는 뜻.

해탈

앳된 비구니 스님 셋이
인사동 카페에 들어와
까르르 까르르 웃는다

한 스님이 갑자기 주머니에서
핸드폰을 꺼내 어디론가 전화를
걸어 참새처럼 지저귀더니

아카마 두 잔이랑
자바칩 프라푸치노
한 잔 주세요~!

아 뭐라 그래?

아 진짜?
오늘 드디어
치킨 각이냐?

또 천진난만하게
까르르르 웃는다

그 순간 난 깨달았다

아이가 되는 게
해탈이다

해탈

앳된 비구니 스님 셋이
인사동 카페에 들어와 까르르 까르르 웃는다
영락없이 고딩이네, 싶은데
한 스님이 갑자기 주머니에서 핸드폰을 꺼내
어디론가 전화를 걸어 참새처럼 지저귀더니
또 천진난만하게 까르르르 웃는다
웃다가 숨 넘어간다
그 순간 난 깨달았다
아이가 되는 게 해탈이다

세상의 비밀

이순 지나
비로소 내가 어린아이가 되어
세상의 비밀을 알게 되었다

친구야 생일 축하한다!
올해는 허리 조심하고~

짜식 고맙다.
선물은 가져왔지?

별밭이 빛나는 것은
더불어 합창을 하기 때문이고
풀밭이 푸르른 것은
서로 어깨를 걸고 있기 때문이라는 것을

바다가 하늘이고
하늘이 바다라는 것을

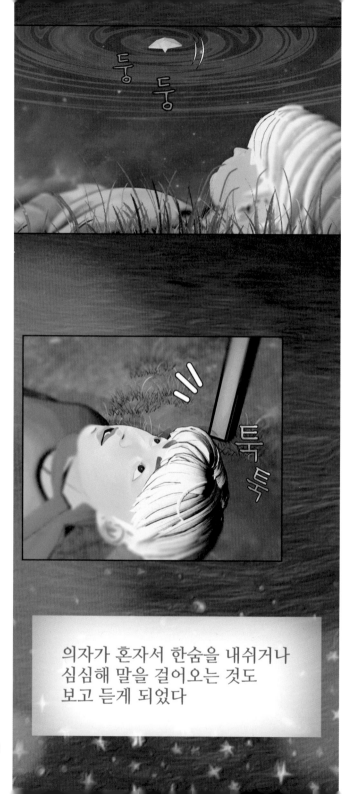

의자가 혼자서 한숨을 내쉬거나
심심해 말을 걸어오는 것도
보고 듣게 되었다

세상의 비밀

이순 지나
비로소 내가 어린아이가 되어
세상의 비밀을 알게 되었다

별밭이 빛나는 것은
더불어 합창을 하기 때문이고
풀밭이 푸르른 것은
서로 어깨를 걸고 있기 때문이라는 것을

바다가 하늘이고
하늘이 바다라는 것을

의자가 혼자서 한숨을 내쉬거나
심심해 말을 걸어오는 것도
보고 듣게 되었다

어린아이가 되어 보니
세상은 전쟁터가 아니라 놀이터
그 위에서 걷고 뛰고 달리는 건
인간만이 아니라는 것도
비로소 알게 되었다

새 장 속에 갇힌 새

아이들은 눈 깜짝할 새
새가 된다

슈우우웅~

어느새 날개를 접은 새 한 마리
저 혼자서 구석에 앉아
뭐라고 뭐라고 재재거린다

새들의 재재거리는 소리가
그렇게나 서글플 수 있다니

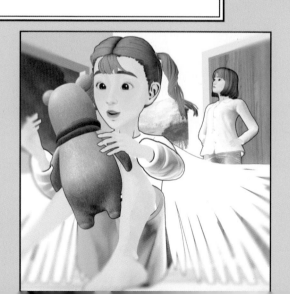

나는 그만 마음이 착잡해져
눈시울을 붉힌다

새 장 속에 갇힌 새

아이들은 눈 깜짝할 새 새가 된다
거실 바닥에서 쇼파 위로 고양이처럼 뛰어오를 땐
아무도 모르게 손바닥날개를 꺼내 퍼덕인다
퍼덕이다가 문득 내 쪽을 보며 눈치를 살핀다
창문을 활짝 열어줄 수 없는 나는 부러 딴 데로 고개를 돌린다
창밖을 보니 먹장구름이 마스크를 쓰고 잰걸음으로 달려온다
소나기라도 한바탕 쏟아졌으면 하는데
어느새 날개를 접은 새 한 마리
저 혼자서 구석에 앉아 뭐라고 뭐라고 재재거린다
새들의 재재거리는 소리가 그렇게나 서글플 수 있다니
나는 그만 마음이 착잡해져 눈시울을 붉힌다

조율

툭

투둑

살다 보면
숨을 죽여야
할 때가 있다

누군가 지금 세상을
조율하고 있다고 생각하라

비 좀 안 맞게
잘 가려줘 봐요♡!

피아노 조율사가 귀를
가까이 대고
건반을 톡 톡 토독 하고
건드려보듯이

누군가 균형추를 맞추기 위해
이슬 한 방울도 떨어트려 보고

새 한 마리도 불러내
나뭇가지 위에
가만히 올려보는 것이다

나는 해적왕이
될 거야!

이것과 저것의 거리와 무게
한 치의 오차도 없어야 한다

그러니 함부로
움직여서야 되겠는가
개미 한 마리 훅 쓸어내도
세상은 삐끗한다

해적왕은 나야♡!

조율

살다 보면 숨을 죽여야 할 때가 있다
보이지 않는 손이 세상을 조율하는 순간이다
풀잎에 맺힌 이슬 한 방울이 툭 떨어지거나
새 한 마리 날아와 나뭇가지에 가만히 앉거든
누군가 지금 세상을 조율하고 있다고 생각하라

피아노 조율사가 귀를 가까이 대고
건반을 톡 톡 토독 하고 건드려보듯이
누군가 균형추를 맞추기 위해
이슬 한 방울도 떨어트려 보고
새 한 마리도 불러내 나뭇가지 위에
가만히 올려보는 것이다

이것과 저것의 거리와 무게
한 치의 오차도 없어야 한다
그러니 함부로 움직여서야 되겠는가
개미 한 마리 훅 쓸어내도 세상은 삐끗한다

시인과 낫

내 시는 낫을 버린 지 오래
이젠 쓸모가 없어졌다

풀 하나 벨 수 없는 펜으로
누구의 가슴을
후비겠다는 것인가

내 펜은 흙을 버린 지 오래
이젠 쓸모가 없어졌다

파스스응

경작할 땅 한 평도 없이
무엇을 갈아엎겠다는 것인가

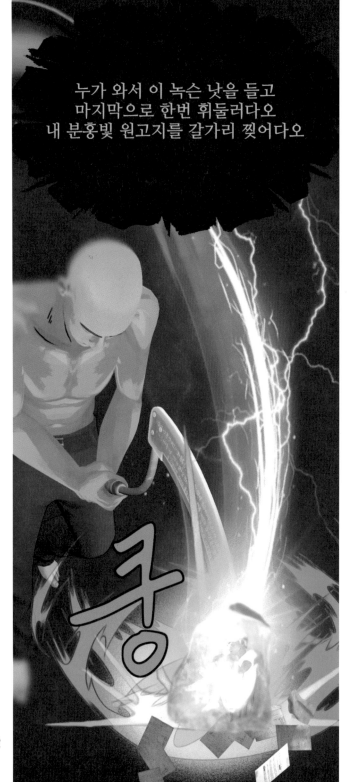

누가 와서 이 녹슨 낫을 들고
마지막으로 한번 휘둘러다오
내 분홍빛 원고지를 갈가리 찢어다오

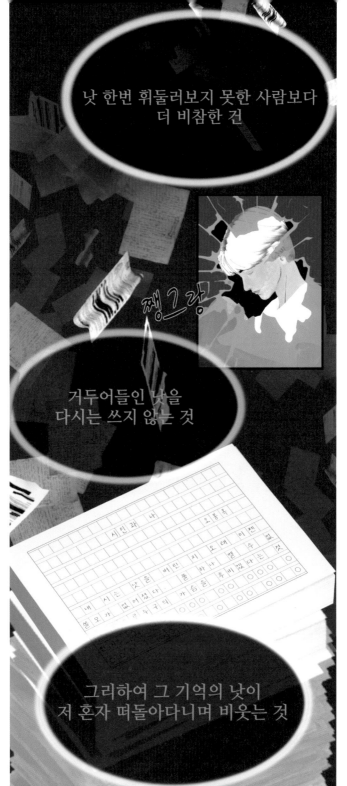

낫 한번 휘둘러보지 못한 사람보다
더 비참한 건

쨍그랑

거두어들인 낫을
다시는 쓰지 않는 것

그리하여 그 기억의 낫이
저 혼자 떠돌아다니며 비웃는 것

시인과 낫

내 시는 낫을 버린 지 오래
이젠 쓸모가 없어졌다
풀 하나 벨 수 없는 펜으로
누구의 가슴을 후비겠다는 것인가

내 펜은 흙을 버린 지 오래
이젠 쓸모가 없어졌다
경작할 땅 한 평도 없이
무엇을 갈아엎겠다는 것인가

흙벽에 내걸린 오래된 낫처럼
자꾸만 녹이 슬어가는 나의 시

낫 한번 휘둘러보지 못한 사람보다
더 비참한 건
거두어들인 낫을 다시는 쓰지 않는 것

그리하여 그 기억의 낫이
저 혼자 떠돌아다니며 비웃는 것

누가 와서 이 녹슨 낫을 들고
마지막으로 한번 휘둘러다오
내 분홍빛 원고지를 갈가리 찢어다오

꿈

시인은 죽어서
나비가 된다 하니

다음 세상에선
번잡한 세상 따윈
기웃거리지 않고

고요한 숲속
문지기가 되어야지

아침이면 곤히 잠든 나무들
흔들어 깨우고
낮엔 새들 불러내 함께
노래해야지

바람이 불면 부는 대로
날갯짓하고
밤이면 꽃잎 속에서
잠들어야지

별을 세다가 말다가
아름다운 꿈나라로 달려가야지

꿈

시인은 죽어서 나비가 된다 하니
다음 세상에선
번잡한 세상 따윈 기웃거리지 않고
고요한 숲속 문지기가 되어야지
아침이면 곤히 잠든 나무들 흔들어 깨우고
낮엔 새들 불러내 함께 노래해야지
바람이 불면 부는 대로 날갯짓하고
밤이면 꽃잎 속에서 잠들어야지
별을 세다가 말다가
아름다운 꿈나라로 달려가야지

서른 살에 대우빌딩을 보고는

나 이 세상 책 다 읽어 저렇게
높이 한번 쌓아보리라

마흔이 되고 쉰이 되어
대우빌딩을 보고는 또

아니 그런 내 자신 참
불쌍하다는 생각이 든다

BRIDGE THEORY
DR. NATALIA PETROVA

하여 말없이 하는
다짐 하나,

뚜벅

뚜벅

그동안 쌓은 거 다 내려놓으리라

이순

스무 살이 되어 서울역 앞 대우빌딩 보며 생각했지
나 저렇게 부를 쌓고 살리라
서른 살에 대우빌딩을 보고는
나 이 세상 책 다 읽어 저렇게 높이 한번 쌓아보리라
마흔이 되고 쉰이 되어 대우빌딩을 보고는 또
남은 生 덕이나 쌓으며 살자고 다짐했는데
예순이 되어 가니
뭔가를 쌓고 산다는 게 다 부질없다는 생각이 든다
아니 그런 내 자신 참 불쌍하다는 생각이 든다
하여 말없이 하는 다짐 하나,
그동안 쌓은 거 다 내려놓으리라

할미새

저녁노을이 한순간에
사그라지듯

언제든지
날아가 버릴 수 있는 새

그러니

뉘엿뉘엿 지는 노을아

네 앞에 우두커니 앉은 울 엄니에게
함부로 손 내밀지 말거라

마지막으로 한 번 더 타올라

온몸에 문신처럼 새겨진
한 맺힌 기억들을 다 지워야

할미새

저녁노을이 한순간에 사그라지듯
언제든지 날아가 버릴 수 있는 새

그러니

뉘엿뉘엿 지는 노을아
네 앞에 우두커니 앉은 울 엄니에게
함부로 손 내밀지 말거라

마지막으로 한 번 더 타올라
온몸에 문신처럼 새겨진
한 맺힌 기억들을 다 지워야

훌훌
이 세상 떠나갈 수 있으니

마지막 기도

저녁노을이 된 울아비

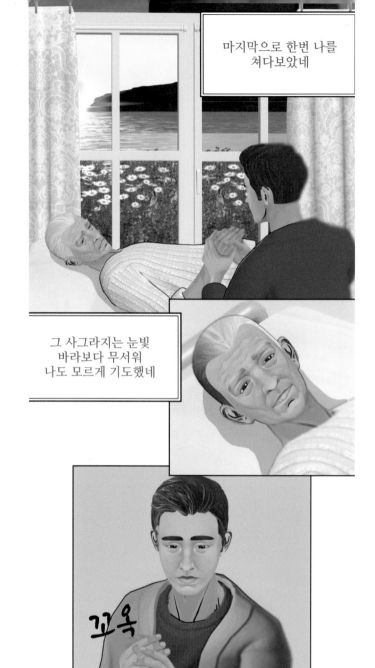

마지막으로 한번 나를
쳐다보았네

그 사그라지는 눈빛
바라보다 무서워
나도 모르게 기도했네

꼬옥

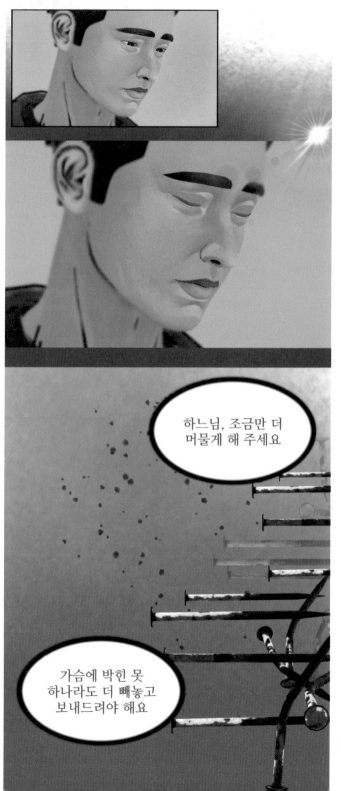

99

마지막 기도

저녁노을이 된 울아비
마지막으로 한번 나를 쳐다보았네
그 사그라지는 눈빛 바라보다 무서워
나도 모르게 기도했네
하느님, 조금만 더 머물게 해 주세요
가슴에 박힌 못
하나라도 더 빼놓고 보내드려야 해요
제발요

인생은 추입이다

절름발이 경주마 루나가
경매장에 나왔을 때 사람들은 저마다
한마디씩 하고 지나갔다

다리가
저래서야 원,

경주로에
설 수나 있겠어?

경주는커녕
꽃마차도 끌기
힘들겠네~

나.. 원~

그때 누군가 다가와
손을 내밀었다

나랑 같이 한번
살아보자,

루나는 앞발을 굽히며
눈시울을 적셨다

사랑은 기적을 만든다고 했던가

날이면 날마다 아픈 다리를
어루만지자

루나가 달리기 시작했고

신사 숙녀 여러분!!

경상남도 지사회 경주를 시작하겠습니다!!

한번 보여주자! 루나야.

히이이이잉!

허허 녀석

푸드득

장애가 있어 늘 늦게 출발하면서도

다2닥

의지 하나로 끝내 모두를
따라잡고 마는 루나

다2닥

마침내 모든 대회를
휩쓸게 되었다

사랑의 손길만 있다면
굼벵이처럼 느린 똥말도

바람보다 빠른 명마가
될 수 있다는 것을

다그닥

다그닥

다그닥

그리고
인생은 또 추입이라는 것을

찰칵

찰칵

찰칵

루나가 우릴 가르쳤다

인생은 추입이다[1]

절름발이 경주마 루나가 경매장에 나왔을 때
사람들은 저마다 한마디씩 하고 지나갔다
다리가 저래서야 원, 경주로에 설 수나 있겠어
경주는커녕 꽃마차도 끌기 힘들겠네
그때 누군가 다가와 손을 내밀었다
나랑 같이 한번 살아보자,
루나는 앞발을 굽히며 눈시울을 적셨다
사랑은 기적을 만든다고 했던가
날이면 날마다 아픈 다리를 어루만지자
루나가 달리기 시작했고
마침내 모든 대회를 휩쓸게 되었다
장애가 있어 늘 늦게 출발하면서도
의지 하나로 끝내 모두를 따라잡고 마는 루나

루나가 우릴 가르쳤다
사랑의 손길만 있다면 굼벵이처럼 느린 똥말도
바람보다 빠른 명마가 될 수 있다는 것을
그리고
인생은 또 추입이라는 것을

[1] 추입 : 경마나 경륜에서, 출발 시기에는 후미 그룹이 힘을 아껴 따라가다가 경기 후반부나
직선 주로에서 강하게 앞으로 나가 추월하는 것

똥말의 노래
1

난 똥말로 태어났다

눈부시게 하얀 갈기를
휘날리는 백마도 아니고

태생부터 DNA가 남다른
혈통마도 아니어서

살아가자면 죽어라고
채찍을 맞아야만 한다

115

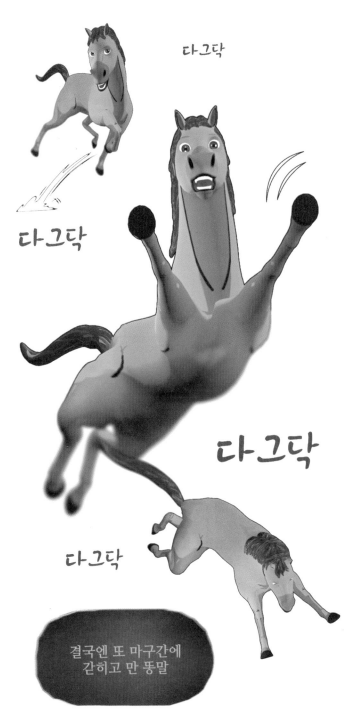

다그닥

다그닥

다그닥

다그닥

결국엔 또 마구간에
갇히고 만 똥말

다그닥

챡

?!

122

똥말의 노래 1

난 똥말로 태어났다
눈부시게 하얀 갈기를 휘날리는 백마도 아니고
태생부터 DNA가 남다른 혈통마도 아니어서
살아가자면 죽어라고 채찍을 맞아야만 한다

비가 내리면 비를 맞고
눈이 내리면 눈을 맞으면서 달려야 하는 똥말
듬성듬성 살이 빠져 눈살을 찌푸리게 하는 똥말

한때 앞발 치켜들고 길길이 날뛰기도 하고
한때는 고삐를 풀고 멀리까지 달아나기도 했지만
결국엔 또 마구간에 갇히고 만 똥말

히잉히잉 혼자서 울다가
히히히잉 혼자서 콧김을 내뿜으며 발을 구르다가
다시 순한 말이 되어 복종하는 슬픈 말

똥말의 노래

2

누구도 나에게 돈을 걸지 않는다

뭐야 절름발이가 달릴 수 있어??

아니 가끔 미치광이가 나타나
천 원짜리 한 장 버리듯 던져놓고
고배당이라는 허망한 꿈을 꾸기도 한다

지난 밤 똥말처럼 살다 간
제 아비가 나타났으므로
천 원짜리 한 장으로
큰 인심 쓰듯 똥말에 건 것

그러나 내가 빛의 속도로 달려가
그에게 고배당을 안길 수 있는 건
미쳐야 가능한 일

아니 그건 로또복권과 같이
죽기 전 한 번이나 올까 말까 한 일

누구도 날
동정하지 마라

똥말이나 명마나 재갈을
물리기는 마찬가지

다그닥   다그닥

타닥   타닥

한 세월 달리다가
슬픈 生을 마감한다

똥말의 노래2

누구도 나에게 돈을 걸지 않는다
아니 가끔 미치광이가 나타나
천 원짜리 한 장 버리듯 던져놓고
고배당이라는 허망한 꿈을 꾸기도 한다
지난 밤 똥말처럼 살다 간 제 아비가 나타났으므로
천 원짜리 한 장으로 큰 인심 쓰듯 똥말에 건 것
그러나 내가 빛의 속도로 달려가
그에게 고배당을 안길 수 있는 건 미쳐야 가능한 일
아니 그건 로또복권과 같이
죽기 전 한 번이나 올까 말까 한 일

누구도 날 동정하지 마라
똥말이나 명마나 재갈을 물리기는 마찬가지
한 세월 달리다가 슬픈 生을 마감한다

똥말의 노래

3

나는야 똥말
누구도 알아주지 않는 시에
배팅을 걸었다

오호~

정말 거기에 배팅하겠수?

네

참, 한심한 사람 같으니라고
고작 시 따위에
자신의 전부를 건다는 말인가!

부모님이
안 좋아하실 텐데~

....

가슴 한편에선 누군가 나타나
나를 한심한 듯 나무라지만

다그닥

다그닥

황금빛 갈기 휘날리며
바람을 가르는 명마도 아니니
그저 죽어라고 뛰어보는 수밖에

그렇다고 너희들,
똥말이라고 함부로 말하지 馬

똥말의 노래3

나는야 똥말
누구도 알아주지 않는 시에
배팅을 걸었다

참, 한심한 사람 같으니라고
고작 시 따위에
자신의 전부를 건다는 말인가!
가슴 한편에선 누군가 나타나
나를 한심한 듯 나무라지만

나는야 똥말
황금빛 갈기 휘날리며
바람을 가르는 명마도 아니니
그저 죽어라고 뛰어보는 수밖에

그렇다고 너희들,
똥말이라고 함부로 말하지 馬
세상 확 뒤집어버릴 날이 있을지도 모르니
까불지 馬

天馬

말은 별나라의
우편배달부

별들 옮겨 다니며
바쁜 소식 전하느라
달리기 선수가 되었다

이 별에서 저 별로
건너뛰다
편지라도 한 장 흘리면
큰일이므로

말은 간혹 천사처럼
옆구리에 숨긴 날개를
펴기도 한다

하늘을 나는
저 우편배달부 좀 봐라!

天馬

말은 별나라의 우편배달부
별들 옮겨 다니며 바쁜 소식 전하느라
달리기 선수가 되었다
이 별에서 저 별로 건너뛰다
편지라도 한 장 흘리면 큰일이므로
말은 간혹 천사처럼
옆구리에 숨긴 날개를 펴기도 한다
하늘을 나는
저 우편배달부 좀 봐라!

속도라는 말의 비밀

애플힙 애플힙 한다지만

말의 엉덩이만큼
매혹적인 애플힙이 어디 있으랴

달항아리처럼 매끄러우면서도
사과처럼 탱글탱글한

도무지 달리지 않고는
견딜 수 없을 것 같은

저 탄력 있는 말의 엉덩이를
그 무엇과 비교할 수 있으리

자, 달리는 말의 엉덩이를
찬찬히 봐라

저 엉덩이의 힘으로
'속도'라는 단어를 만들었으니

속도라는 말의 비밀

애플힙 애플힙 한다지만
말의 엉덩이만큼
매혹적인 애플힙이 어디 있으랴
달항아리처럼 매끄러우면서도
사과처럼 탱글탱글한
도무지 달리지 않고는
견딜 수 없을 것 같은
저 탄력 있는 말의 엉덩이를
그 무엇과 비교할 수 있으리
자, 달리는 말의 엉덩이를 찬찬히 봐라
저 엉덩이의 힘으로
'속도'라는 단어를 만들었으니

애플힙

참 잘 빠진 엉덩이일세

우와~
최고 최고!

너무 예쁜
hip인데?

애플힙

참 잘 빠진 엉덩이일세
그걸 보고 여자들이
자지러지는 이유 알겠네
저 미끄러지듯 탱탱한 근육이 달려
지구를 돌리고 있었으니
어지러울 수 밖에

사랑은 경주마처럼

1

사랑은 경주마처럼1

날랜 발이 있어야
세상을 다 가질 수 있다
사랑도 그렇다

사랑은 경주마처럼
2

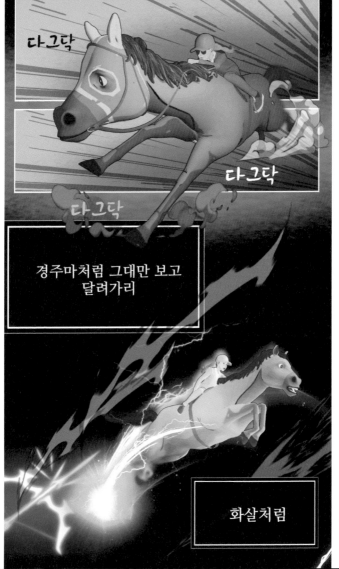

가서 히이이잉
대책 없이 무너지리

사랑은 경주마처럼2

경주마처럼 그대만 보고 달려가리
화살처럼
번개처럼
그대의 가슴에 가 꽂히리
가서 히이이잉 대책 없이 무너지리

사랑은 경주마처럼

3

빤-

운명이란

그대를 딱
보는 순간 눈이 멀어
경주마가 되고 말았습니다

헐..
이쪽으로 오잖아?

세상이 온통 그대뿐이어서
그대만 보고 달려야만 했습니다

그 강아지 한 번만
만져봐도 될까요?

네?

사랑은 경주마처럼3

운명이란
번개 같은 것이지요
그대를 딱 보는 순간 눈이 멀어
경주마가 되고 말았습니다
세상이 온통 그대뿐이어서
그대만 보고 달려야만 했습니다

사랑은 경주마처럼

4

> 눈부신 그대를
> 어디다 숨길까요

와...

그대만 허락한다면
말발굽 속에 그대를 숨기고
천리만리 달리고 싶어요

다그닥

다그닥

쪽♡

난 이 세상을 다 가졌으므로

보무도 당당하게

171

지축을 울리며

사랑은 경주마처럼 4

눈부신 그대를 어디다 숨길까요
그대만 허락한다면
말발굽 속에 그대를 숨기고
천리만리 달리고 싶어요
난 이 세상을 다 가졌으므로
보무도 당당하게 지축을 울리며

사랑은 경주마처럼
5

모닥불이
한줌의 재로 사그라질 때까지

끊임없이 타올라야 하듯

난 목숨이 다하는 날까지
달려야만 하지요

175

176

내 뜨거운 맥박이며
가슴 속에 지금

천둥이 치고 있는 걸요

사랑은 경주마처럼5

모닥불이
한줌의 재로 사그라질 때까지
끊임없이 타올라야 하듯
난 목숨이 다하는 날까지
달려야만 하지요
왜냐구요?
내 뜨거운 맥박이며
가슴 속에 지금
천둥이 치고 있는 걸요

사랑은 경주마처럼

6

가슴이 벅찰 땐 달리곤 해

초등학교 땐 상장 한번 받아
우리 동네 고샅길
바람처럼 뱅뱅 돌았지

문단에 데뷔를 할 때였던가

끼익

벌떡

아

제

씨

?!

이

창비 이시영 선생이
노란 봉투로 써서 보낸
당선 소식 한 장 받아들고

화르륵

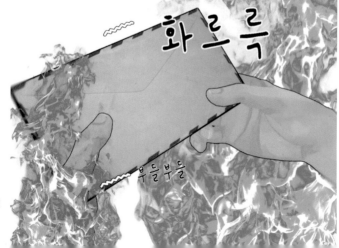

부들부들

183

사랑은 경주마처럼 6

가슴이 벅찰 땐 달리곤 해
초등학교 땐 상장 한번 받아
우리 동네 고샅길 바람처럼 뱅뱅 돌았지
문단에 데뷔를 할 때였던가
창비 이시영 선생이 노란 봉투로 써서 보낸
당선 소식 한 장 받아들고
눈 내리는 학교운동장을 마구 돌았어
당신을 만나니 또 경주마처럼 달리게 되네
가슴이 벅차 도무지 견딜 수가 없으니

앗.

지하철에 올라 내 나이 잠시
잊어먹고

벌
떡

머리 희끗한 한 아주머니에게
자리를 양보했더니

고맙다는 말을
하지 않고
나를 빤히
바라보더니

나보다 더 나이 많은 양반이
이래서야 되겠느냐고
정색을 하며 나무란다

난 그만 머쓱해져 유리창에
비친 내 얼굴을
슬쩍 한번 비춰보다가

흥!

자리를
얼른 피하고
말았다

내가 그렇게
나이 들어 보이나?

아름다운 망각

　지하철에 올라 내 나이 잠시 잊어먹고 머리 희끗한
한 아주머니에게 자리를 양보했더니 고맙다는 말은
하지 않고 나를 빤히 바라보더니 나보다 더 나이 많은
양반이 이래서야 되겠느냐고 정색을 하며 나무란다
난 그만 머쓱해져 유리창에 비친 내 얼굴을 슬쩍 한번
비춰보다가 자리를 얼른 피하고 말았다

나만 잊으면

나만 잊으면 된다는데 힘드네요

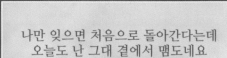

나만 잊으면 처음으로 돌아간다는데
오늘도 난 그대 곁에서 맴도네요

세상에 이렇게 슬픈 말 있을까요

나만 잊어주면 우리가
남이 될 수 있다는 말

세상에 이렇게 야속한 말 있을까요

. . . .

하, 아...

195

오늘 하루 어떻게 살았는지
나만 잊으면 된다는데

또 묻네요
다시 돌아올 수 없는지

나만 잊으면

나만 잊으면 된다는데 힘드네요
나만 잊으면 처음으로 돌아간다는데
오늘도 난 그대 곁에서 맴도네요

세상에 이렇게 슬픈 말 있을까요
나만 잊어주면 우리가
남이 될 수 있다는 말
세상에 이렇게 야속한 말 있을까요
나만 잊어주면 우리가
남이 될 수 있다는 말

나만 지우면 끝이라는데
강가를 걷고 또 걷네요
나만 지우면 끝이라는데
취하고 취해
지나온 길 또 걷고 있네요.

나만 잊으면 된다는데
또 묻네요
오늘 하루 어떻게 살았는지
나만 잊으면 된다는데
또 묻네요
다시 돌아올 수 없는지

설거지를 하면서

아내가 주부습진에 걸려
설거지를 맡게 되었다

달그락

달그락

울 어매 살아 계셨더라면
어림도 없는 일이다

애비 너 또
주방에?!

우리 남편은 뭐 하나∽

으쓱

거기엔 남에게 잘 보이고 싶은
적당한 위선과

우리 사위∽

예 장인어른

설거지를 하다 보니 그릇을
닦는다는 게 중노동인 걸 알겠다

달그락

달그락

이렇게 힘든 일이라면 남자가
맡는다는 게 당연하다는

끼익

그런 기특한 생각도 하게 되고

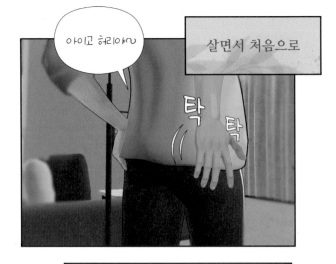

아이고 허리야~

살면서 처음으로

식기세척기는 꼭 필요한 것이구나

철푸덕

하는 생각도 하게 된다

응?

204

설거지를 하면서

아내가 주부습진에 걸려 설거지를 맡게 되었다
울 어매 살아 계셨더라면 어림도 없는 일이다

그건 저세상에서도
도끼눈 뜨고 쳐다보실 일이다

내가 설거지를 맡은 건 미안한 일 수 없이 많고
거기엔 남에게 잘 보이고 싶은 적당한 위선과
맞벌이 부부로 살아가는 예비 사위에게
내 딸 고생시키지 말라고 은근히 압력을 가하려는
얄팍한 계산도 깔려 있는 것인데

그런 걸 알 턱이 없는 울 어매는 당장이라도
세상에서 제일 못된 것이 지 남편 기죽이고 사는 일이다,
내 눈에 흙이 들어가기 전까진 그런 꼴 못 본다,
그런 세상 물정 모르는 말씀 하실 거 같다

설거지를 하다 보니 그릇을 닦는다는 게 중노동인 걸 알겠다
이렇게 힘든 일이라면 남자가 맡는다는 게 당연하다는
그런 기특한 생각도 하게 되고

살면서 처음으로
식기세척기는 꼭 필요한 것이구나 하는 생각도 하게 된다

거꾸로 서니 바로 보인다

어지러운 세상도

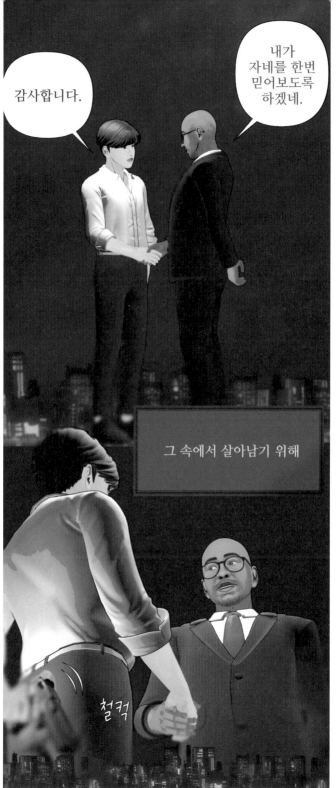

인생은
배신이야
몰랐어?

자꾸만 괴물이 되어가는 나도

자꾸만 괴물이 되어가는 나도
그 속에서 살아남기 위해
아직까지 버텨온
나의 유일한 무기

용균 나라면

211

그건 인간만이
할 수 있는 일이니

세상은 그러라고 또
있는 것이니

세상을 그르치고 또 그르치는 옳은 일이니
남겨야 한다
그러므로 일신이라도 옳을 수 있는 일이며
남겨야 한다

롱고노트 2

웹나라
3

성수행 성수행 열차가 들어옵니다.

다음열차 : 성수행
지금시각 00:00

시끌

시끌

TICKET

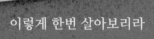

이렇게 한번 살아보리라

두근

두근

아님 세상을

팟.

슈우우우

확 불질러버리든가

224

물구나무 3

나 청춘으로 다시 돌아갈 수 있다면
이렇게 한번 살아보리라
나를 확 뒤집어보든가
아님 세상을 확 불질러버리든가

롤리타

4

살다 보면 거꾸로 가는 놈 있다

선생님!

빛이 어떻게
만들어지고,
어떻게
이동하는 걸까요?

길도 아니다 싶어
아슬아슬하기만 한데

만전 피듯 가더니

수십 년 뒤...

끼—익

물구나무 4

살다 보면 거꾸로 가는 놈 있다
길도 아니다 싶어 아슬아슬하기만 한데
딴전 피듯 가더니
제 스스로 길이 되어버리는 사람들
우리는 그들을 역사라고 부른다

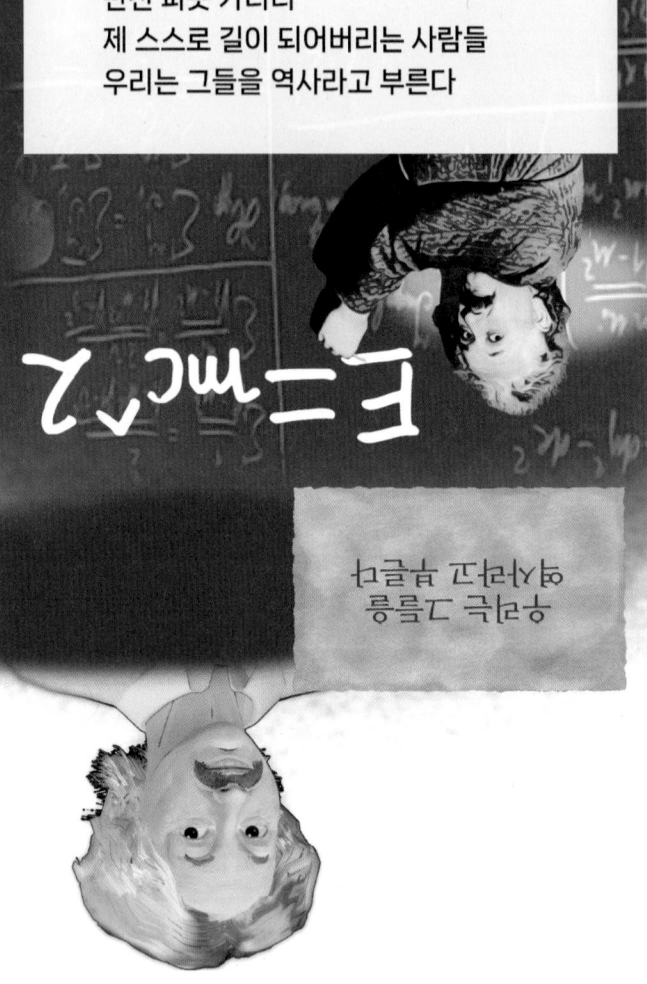

아름다운 사람

벗이 보내준 일출 사진을 보고
아름다운 일몰이라 착각해

나도 저렇게만 저물어가고
싶구나, 했더니

넌 왜 벌써부터 저승 타령을
하느냐고 나무란다

글쎄, 언제부터였나

막 태어나 응애응애
울어댈 때

내 날 때

아랫마을 무당이
죽음의 그림자를 읽고는
배겟머리에 부적을
떡 붙여줬다는데

그때부터였나

나는 삶보다 늘 죽음을 꿈꿔왔다

조금이라도 더 멋지게 죽고 싶은 꿈

일출같이 눈부시지는 못하더라도

일몰같이 장엄하지는 못하더라도

아주 잠시 잠깐이라도
숙연해지게 만드는
그런 죽음

그리하여 죽은 뒤에도
내 살붙이들에게 이런 말 꼭 듣고 싶었다

아빠는 참.

아름다운 사람이었어요

아름다운 사람

벗이 보내준 일출 사진을 보고
아름다운 일몰이라 착각해
나도 저렇게만 저물어가고 싶구나, 했더니
넌 왜 벌써부터 저승 타령을 하느냐고 나무란다
글쎄, 언제부터였나
내 날 때
막 태어나 응애응애 울어댈 때
아랫마을 무당이 죽음의 그림자를 읽고는
배겟머리에 부적을 떡 붙여줬다는데
그때부터였나
나는 삶보다 늘 죽음을 꿈꿔왔다
조금이라도 더 멋지게 죽고 싶은 꿈
일출같이 눈부시지는 못하더라도
일몰같이 장엄하지는 못하더라도
아주 잠시 잠깐이라도 숙연해지게 만드는
그런 죽음
그리하여 죽은 뒤에도
내 살붙이들에게 이런 말 꼭 듣고 싶었다
아빠는 참, 아름다운 사람이었어요

어미라는 존재

아프리카 코끼리는 건기가 되면
물을 찾아 먼 길을 떠난다

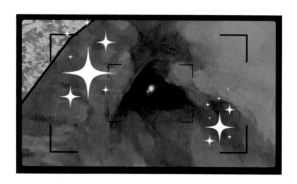

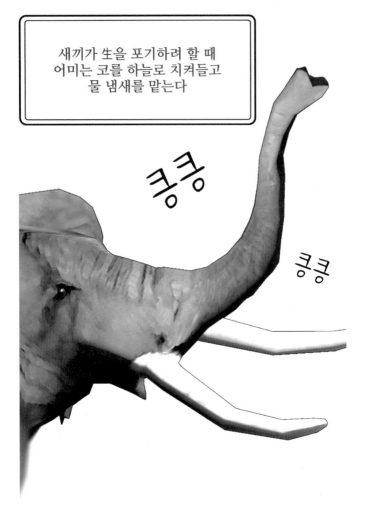

새끼가 生을 포기하려 할 때
어미는 코를 하늘로 치켜들고
물 냄새를 맡는다

쿵쿵

쿵쿵

찾았다!!

?

몇 킬로를 더 걸은 어미가 갑자기
죽을힘을 다해 땅을 파기 시작한다

땅속엔 물 대접이 놓여 있어서
마침내 코끼리 가족은 목을 축인다

어미의 가슴엔 오아시스가 있다

어미라는 존재

아프리카 코끼리는 건기가 되면
물을 찾아 먼 길을 떠난다
아무리 둘러봐도 흙먼지 이는 메마른 땅
어린 새끼가 가다가 무릎이 꺾이면
어미는 곁에서 한참을 기다리다가
다시 일으켜 세워 걷는다
새끼가 生을 포기하려 할 때
어미는 코를 하늘로 치켜들고
물 냄새를 맡는다
몇 킬로를 더 걸은 어미가 갑자기
죽을힘을 다해 땅을 파기 시작한다
땅속엔 물 대접이 놓여 있어서
마침내 코끼리 가족은 목을 축인다
어미의 가슴엔 오아시스가 있다

달리지 馬

1판 1쇄 발행 2024년 3월 2일

글 오봉옥
그림 투닛
펴낸이 임양묵
펴낸곳 솔출판사

편집 투닛 윤정빈 임윤영
경영관리 박현주

주소 서울시 마포구 와우산로29가길 80(서교동)
전화 02-332-1526
팩스 02-332-1529
블로그 blog.naver.com/sol_book
이메일 solbook@solbook.co.kr
출판등록 1990년 9월 15일 제10-420호

ISBN 979-11-6020-202-1 (03810)